Impressum

Elisa Asenbaum: *interirdisch*
Edition fabrik.transit Wien 2023
https://www.fabriktransit.net

Lektorat Einschübe: Sabine Schlüter

Vorwort: Herbert J. Wimmer

Buchgestaltung und Layout: Thomas M. Stuck

Druck und Herstellung: PRINT GROUP Sp. Z.o.o.

ISBN 978-3-903267-50-3

interirdisch

fabrik◎transit

Elisa Asenbaum

interirdisch

fabrik◎transit

Vorwort

zwischenbewegungen im begegnungszwischen

Das buch *interirdisch* ist ein permanenter balanceakt von sprachlichen und bildnerischen wechselwirkungen, die einander in voranbringen, einander in bewegung halten: als wohlgefügte abfolge von bildern, wissenschaftlichen texten und gedichten.

Diese gedichte wiederum nehmen die themen der lexikalischen textbausteine auf, sie reagieren mit den bildern und stellen die fragen, durch die der bestimmende eindruck des andauernden zwischenseins sich als schwebezustand zeigt, der sich – zumindest ein buch lang – entfalten und entwickeln darf.

INTERIRDISCH: kosmogonie und charakter, person und ambiente, ein hauch von ludwig wittgenstein ist zu spüren, ein satz, der gut als einstieg in *INTERIRDISCH* taugt: *„wir reden also über muster im lebensteppich."*

INTERIRDISCH sagt, was es ist: ich bin von dieser welt und befinde mich im *ZWISCHEN*, im stadium des zwischenseins, da wie dort, hier und jetzt, mitten im buch, zwischen den beiden buchdeckeln, zwischen denen alles stattfinden kann, alles stattfinden darf, was text und bild ist, in allen kombinationen, kompositionen, folgen, fugen, brüchen, schönheiten und fragen, fragen philosophischer, poetischer, künstlerischer und existenzieller art.

INTERIRDISCH zeigt her, stellt vor, stellt dar, wie sich *ZWISCHENSEIN* erfahren lässt: im sich einlesen in die vielfalt der gattungen, aus denen und in denen sich das werk realisiert. gerade durch den genre-mix erreicht das buch, diese spezifische, autorinnen-intendierte installation aus bildern, texten und textsorten eine ganz eigene qualität, nämlich sich als eigenes genre zu erfinden.

Der skandal des anfangs liegt im ende, mit dem er in unseren denkweisen, denkgewohnheiten, denkzwängen unauflösbar verbunden ist.

Dazwischen leben wir, beunruhigt aber schöpferisch, stellen fragen, die sich nur als weitere fragen zwischenzeitlich beantworten lassen, bewegen uns in zwischenräumen, durch zwischenräume, kontinuierlich, im zeit-raum-kontinuum der relativität, schwebend in und durch bezugssysteme aller möglichkeiten – und bilden muster aus mustern, zunehmend komplexer, werden zunehmend komplexer und dabei unverwechselbar, wie elisa asenbaums buch *interirdisch*, das unverwechselbar ein ganz eigenes muster aus wechselwirkungen herstellt, darstellt.

herbert j. wimmer

„Der Weltraum ist mit einem Stoff erfüllt, welcher fortwährend in die ponderablen Atome strömt und dort aus der Erscheinungswelt verschwindet.

(...) Jedem Act unserer Seele liegt also etwas Bleibendes zu Grunde, welches mit diesem Act in unsere Seele eintritt, aber in demselben Augenblick in unserer Erscheinungswelt völlig verschwindet."

Detlef Laugwitz: Bernhard Riemann 1826-1866, Birkhäuser Verlag, 1996, S. 276

( )

Zwischen wirklich
und verwirklichen
dehnt leert (sie)
raumt vermehrt
werkt und wirkt
sehnsuchtet unerfüllt

Grenzt in dem (sie) kondensiert
eingegossen luftet (sie) nicht mehr
fließt hinab
abgründig hin ab
wassert füllt
furcht allliquid

Eingekesselt in das Ding
glaubt meint (sie)
doch vor Dem gewesen!
Bedingt das Ding der Körper
gefährdet zu vergehen
doch *Eigen_schaft* ist sie

Eigen schafft (sie)
schafft innen
sucht räumt
sehnsäumt und träumt ...
nichtsdestotrotz hält sie gegen
nichtet und lichtet

Falls noch unbezwungen
zunget ungefüllt verschlungen
stützt (sie) stützt!
Stürzt nicht
ungesehen ringt (sie) gegen
all das; dem und den

All das dem und den
all das dem und den
tanzt Distanz
der die das gegen all die die die
tanzt (sie) verkannt
sie_See_seele benannt

Nie sind wir ganz

nie sind wir ganz
teils im letzten Schritt
und teils im nächsten
teils im letzten
teils im nächsten
kennen wir kein Halt

immer im Transit
teils im letzten
teils im nächsten
kreisen wir
reisen
unscharf im System

zwischen letztem Schritt
und nächstem Tritt
immer im Transit
sein ohne Halt
nie sind wir ganz

Zündet Wasser
leuchtet Stoff
lichterloh
du bist es
Stern

Sternentstehung: Extrem kalte und großräumige Gas- und Staubwolken im Universum, die vor allem aus Wasserstoff bestehen, können unter ihrer eigenen Massenanziehung zu kontrahieren beginnen. Die Wolken reißen auseinander und bilden mehrere kleinere Wolkenfragmente. Danach steigen in den einzelnen Gebieten Druck und Temperatur stark an.

Ab einer gewissen Temperatur im Zentrum setzt die Kernfusion ein, die weitere Kontraktion verhindert. Das stabile Gleichgewicht zwischen der nach innen wirkenden Gravitation und dem nach außen gerichteten Strahlungsdruck der Fusion ermöglicht die Bildung eines Sterns.

Junge und sehr massereiche Sterne leuchten intensiv im hochenergetischen blauen und ultravioletten Bereich des Spektrums. Diese Strahlung regt die verbliebenen Teile der ursprünglichen Gas- und Staubwolken an, in denen die neugeborenen Sterne eingehüllt glimmen, und lassen sich als Nebelfelder im Teleskop erkennen. Allmählich werden diese Wolken durch die Sternwinde in alle Richtungen weggeblasen. Ein kleiner Rest, der sich um den Stern hält, kann zu Planeten kondensieren.

Aus den anfänglichen Wolken können sich in einem relativ kleinen Raumgebiet Tausende Sterne zu einem Sternhaufen formieren, der mit der Zeit langsam auseinanderdriftet. Im Sternbild Orion zum Beispiel liegt ein nahes und sehr aktives Gebiet der Sternentstehung: der Orionnebel.

Werdestrom

kalt kalt
der Wald der Wolken
walken
kein Wollen
kein Welken
kontrahieren es im Kühl
klüftend klumpt der Stoff

Wasser_Stoff

kondensiert zu etwas
was sich rund entzündet
Lichtzeit bündelt
schleicht weicht
um sich reicht
im Frequenzteich

Sichtbereich

der kühle Ort zerreißt
im Drachenrachen
Junge sternen heiß
massereich blauweiß
im Werdestrom

Expansion: Als man die Expansion des Universums Anfang des 20. Jahrhunderts nachwies, war unklar, ob diese entweder mit der Zeit immer langsamer werden und einen asymptotischen Grenzzustand erreichen oder irgendwann zum Stillstand kommen und sich in umgekehrter Dynamik wieder zusammenziehen würde – oder ob die Expansion sogar niemals zum Stillstand kommen würde. Diese unterschiedlichen Expansionsdynamiken würden ein flaches, ein geschlossenes oder ein offenes Universum bedingen.

Heute geht man davon aus, dass in unserer derzeitigen Epoche die Expansion des Universums beschleunigt abläuft. Für die Auswertung der 1998/99 veröffentlichten Beobachtungen im Rahmen des Supernova Cosmology Project und des High-Z Supernova Search Teams von weit entfernten Supernovae – Sternexplosionen vom Typ Ia – bekamen die Astronomen Saul Perlmutter, Brian P. Schmidt und Adam Riess 2011den Nobelpreis für Physik.

Für die Ursache dieser beschleunigten Expansion gibt es verschiedene Theorien, sie ist bis heute (Stand 2023) aber ungeklärt.

Dort

dort wo das Atmen keine Luft findet
dort wo das Sprechen Stille bindet
und der Sprecher dort nicht ist
wo kein Wasser fließt
kein Wasserstoff sich grell entzündet
brennend in schlingenden Lichtjahr_Mündern mündet

dort wo keine Sterne sind
wo Schweres nicht in sich rinnt
nichts um nichts und um sich kreist
und um sich greift
in der lichtlosen Dunkelheit
der sich dehnenden Unendlichkeit

dort wo keine Materie zieht
wo Halt entflieht
das nur ist
was wir zwischen Traum sprechen
und sie als Raum rechnen
treibt er stobt es
treibt er entropisch auseinander
auseinander aus einander aus ein ander aus ein and er
a u s e i n a n d e r a u s e i n a n d e r
ex_pandiert
und wir wissen nicht warum

300.000: Der exakte Wert der Vakuumlichtgeschwindigkeit beträgt eigentlich 299.792,458 Meter pro Sekunde. Da die Vakuumlichtgeschwindigkeit konstant ist – genauer gesagt: invariant, also unabhängig von der Bewegung des Bezugssystems des Beobachters –, wurde ihr Wert durch Messung mit anschließender Übereinkunft festgelegt. Das heißt, jede genauere Messung führt nicht zu einer Veränderung des Wertes der Lichtgeschwindigkeit, sondern zu einer Anpassung der Einheit Meter, um den oben angegebenen Wert beibehalten zu können.

Die Lichtgeschwindigkeit wurde um 1905 im Zuge der Speziellen Relativitätstheorie als Höchstgeschwindigkeit aller materiellen Objekte und Informationssignale festgelegt und ist ein entscheidendes Axiom dieser Theorie.

300 000

Zeit verschwestern
Raumberge stauchen
wo wir es nicht erdenken

vorbei am kühlen Staub
reist das Licht
reißt das Schwarz
durch
durchlurcht
die dunkle Schwester

Licht: Die Natur des Lichtes – insbesondere die Frage, ob es sich dabei um ein Wellen- oder ein Teilchenphänomen handelt – hat eine bewegte und viele Jahrhunderte alte Geschichte.
Das weitaus ältere Konzept ist das des Teilchenphänomens. Ansatzweise bereits in der Antike und bis weit ins 1. Jahrtausend hinein stand sogar mehr zur Diskussion, ob es das Auge sei, das Licht aussende, oder ob dieses von den Gegenständen ausgehe.

Ab dem 13. Jahrhundert tauchten Ansätze auf, die das Licht mit Wellenphänomenen in Verbindung brachten. Ebenso sah Johannes Kepler im 16. Jahrhundert Licht als Wellenphänomen an. Seine endliche Ausbreitungsgeschwindigkeit wurde im 17. Jahrhundert von Ole Römer bewiesen.
Vor allem war es dann Christiaan Huygens, welcher eine Wellentheorie entwickelte und Licht als Stöße des Äthers verstand. Zunächst setzte sich aber das Konzept des Teilchencharakters von Sir Isaac Newton durch, welcher zuvor noch an ein Mischmodell gedacht hatte.

Erst um 1802 hat Thomas Young mithilfe des sogenannten Doppelspaltexperiments der Wellentheorie von Huygens zum Durchbruch verholfen, und die Teilchentheorie (Korpuskulartheorie) Newtons geriet in Vergessenheit. Die Arbeiten von James Maxwell postulierten die Existenz von elektromagnetischen Wellen; Licht wurde später als solche identifiziert. Durch Maxwells Theorie gelangte das Wellenmodell zur Vorherrschaft, bis neu entdeckte Eigenschaften des Lichtes im 20. Jahrhundert damit nicht mehr erklärt werden konnten.

Fall

ich werde Licht sein
Fall?
und mein Atem ist ausgehaucht
in der dunklen Kälte der Nacht
Erster dritter und zweiter

ich werde Nichts sein
Erster Fall
und das Vakuum flackert
weiter in der lautlosen Leere
Erster und dritter

Zug um Zug
schlingt der Sog ...
und war die Zeit immer schon gewesen?

Falls

war meine schon gewesen
werde ich nicht sein
werde Licht sein
Objekt im vierten Fall

Lichtteilchen: Der Begriff des Lichtteilchens (Photon) existiert erst seit dem 20. Jahrhundert. Albert Einstein stellte 1905 bei der Erklärung des photoelektrischen Effekts die Lichtquantenhypothese auf, wobei Lichtquanten die „(…) in Raumpunkten lokalisierten Energiequanten [sind], welche sich bewegen, ohne sich zu teilen (…)“.*

Insbesondere das Doppeltspaltexperiment in der Quantenmechanik hat im 20. Jahrhundert die Dichotomie der Beschreibung von Licht als Welle und als Teilchen klar zum Ausdruck gebracht. Dabei tritt Licht – wie andere submikroskopische Objekte auch – in der Quantenmechanik im Experiment als lokalisierte Einheit in Erscheinung, dessen „unbeobachtete“ Ausbreitung durch die Versuchsanlage jedoch mithilfe einer Wellenbewegung beschrieben wird, welche die Aufenthaltswahrscheinlichkeit repräsentiert.

* *Aus: Albert Einstein: Über einen die Erzeugung und Verwandlung des Lichtes betreffenden heuristischen Gesichtspunkt. Annalen der Physik, 1905.*

Freier Fall – Zufall:

*„Nichts geschieht um nichts, sondern alles aus einem Grunde und mit Notwendigkeit.“**
Dieser Grundsatz kann als allgemeines Kausalgesetz verstanden werden, welches allen Geschehnissen in der Natur ihre Zufälligkeit abspricht.
Es wurde von den Vorsokratikern Leukipp und Demokrit in die antike Philosophie eingeführt. Diese Auffassung wird aus heutiger Sicht als damalige Gegenwehr gegen den zu jener Zeit verbreiteten Glauben, die Götter würden immerzu in das Weltgeschehen eingreifen, oder gegen andere mystische Denkweisen verstanden. Etwa hundert Jahre später beklagte Aristoteles wiederholt, dass Demokrit die causa finalis, die Zweckursache, die auf ein bestimmtes Ziel im Werden gerichtet ist, völlig außer Acht lässt und alles ausschließlich auf die Wirkursachen zurückführt.

Ein mechanistischer Determinismus setzte sich im Laufe der Zeit in der klassischen Physik durch. Mithilfe der Naturgesetze des 19. Jahrhunderts folgerte man, bei bekannten Anfangs- und Randbedingungen sowohl Zukunft als auch Vergangenheit vollkommen bestimmen zu können. Im 20. Jahrhundert wurde aus verschiedenen Richtungen der mechanistische Determinismus in der Natur nach und nach stark angezweifelt. Vor allem mit der Entdeckung der Quantenmechanik geht man in den Interpretationen überwiegend von einem Zufall in der Entwicklung des Naturgeschehens aus. Der Zeitpunkt des Zerfalls eines Uranatoms etwa wird dabei meist sowohl als grundlos wie auch als ohne Notwendigkeit geschehend betrachtet.
Ob diese Auffassung bereits endgültig ist oder ob zwischen diesen beiden extremen Positionen – dem Determinismus und dem reinen Zufall weitere Konzepte entstehen werden, wird die Zukunft zeigen.

* *Aus: Bertrand Russell: Philosophie des Abendlandes. Zürich: Europa-Verlag, 2007, S. 88.*

Ein_fall

ominös im Puls
atmet das vergangene Geschehen
zugefallen dem Masselicht
der Ball

verdichtet rollt
der rotierende Materiewall
rundgeklummt im All
frei der Fall

Vorfall
denn Zufall meint
eine zweite Klasse des Denkens

grundlos wie bodenlos
planlos losgelöst
die *Zukunft* rennt los?
Hoffentlich nicht zugefallen:
Zufall

aufgefallen:
the chance/the choice/the coincidence
linientreu/schwerelos/kräftefrei
Vorfall/Einfall/freier Fall

merge: Obwohl Galaxien meist in großen Entfernungen zueinander beobachtet werden, geht man heute davon aus, dass jede Galaxie innerhalb ihres Lebens im Mittel mindestens einen Verschmelzungsprozess durchmacht. Bei diesem auch „Galaxien-Merger" genannten Ablauf treffen zwei Galaxien aufeinander.

Da die Sterne in den Galaxien weit voneinander entfernt sind, erfolgen diese Kollisionen, ohne dass deren Sterne zusammenstoßen. Die beiden Galaxien können sich dabei mehrmals berührungsfrei durchdringen, wobei die Gas- und Staubwolken zwischen den Sternen oft zur Bildung neuer Sterne angeregt werden. Während dieses Prozesses entstehen mitunter lange Gezeitenschweife aus Gasen und Sternen, welche – aus den Ursprungsgalaxien herausgerissen – einen erheblichen Drehimpuls abführen. Dadurch kommt es zu morphologischen Veränderungen, oftmals werden zwei Spiralgalaxien zu einer großen elliptischen Galaxie umgeformt.
Unsere größte und nächstgelegene Nachbargalaxie, die Andromedagalaxie, bewegt sich derzeit mit etwa 150 Kilometern pro Sekunde auf unsere Milchstraße zu. In zwei Milliarden Jahren werden die Anziehungskräfte so groß sein, dass Sterne aus der Milchstraße in Richtung Andromeda herausgelöst werden.

In einer noch fernen Zukunft und nach mehreren Durchdringungsvorgängen werden beide zu einer elliptischen Galaxie verschmolzen sein, an deren Rand sich unsere Sonne befinden wird. Das uns vertraute nächtliche Milchstraßenband am Himmel wird verschwunden sein.

merge

sie nähern sich beizeiten
Gezeiten greifen Kräfte

umarmt *von* ...
biege ich mich um
die Massen

dunkel stauben
rußen rauchen

hauchen Halos
zerren *vor* ...

vorbei

dreh dich um
geschwind mein Kind
der Wind
ist nicht mein

die Zentren ziehen

das All
pulst all deine

drillt
im Drehen
summieren sich

mit mir

fest massiv
die Mitten schwer

locht
lockt instellar
die Hoch_zeit

das Durchdringen

nichts bleibt vor Ort

Algol: ist der Name eines markanten Sternes im Sternbild Perseus. Nach der griechischen Mythologie symbolisiert Algol das Auge im Haupt der Medusa, welches von Perseus, abgeschlagen, in seiner Hand gehalten wird. Auffällig ist, dass dieser Stern auch in anderen Kulturen des Altertums mit dunklen, mystischen Gestalten und Unheil in Verbindung gebracht wurde. Hebräische Sterndeuter sahen in ihm zum Beispiel den Kopf des Teufels.

Algol ist am Nachthimmel mit freiem Auge deutlich zu sehen; beobachtet man ihn über mehrere Tage hinweg, kann man ein drastisches Schwanken seiner Helligkeit feststellen. Dies widerspricht der von Aristoteles aufgestellten Annahme, dass die Sterne unveränderliche, strahlende Fixpunkte am Himmelszelt sind.

Algol war einer der ersten Sterne, durch den das über eineinhalb Jahrtausende währende aristotelische Ideal, nämlich die Vorstellung eines unveränderlichen Himmels – jenseits des Mondes – ins Wanken geriet. In den 1660ern machte der italienische Astronom Geminiano Montanari systematische Beobachtungen zur Helligkeitsveränderung dieses Sterns. Die Ursache der Veränderung wurde aber erst im ausgehenden 19. Jahrhundert erkannt: Hermann Carl Vogel konnte im Lichtspektrum periodische Verschiebungen nachweisen, die auf ein Doppelsternsystem hinwiesen. Die Umrundung des helleren Sterns durch einen kleineren Begleiter alle zwei Tage und 21 Stunden erklärte die deutlichen Schwankungen. Später wurde ein weiterer Begleiter gefunden, sodass Algol heute als Dreisternsystem gilt, in welchem um das Doppelsternsystem noch ein weiterer Stern kreist.

In jüngerer Zeit stellte sich heraus, dass in diesem Doppelsternsystem von einem Stern zum anderen Materie übertragen wird. Dieser Transfer von Materie hat sogar dazu geführt, dass sich die anfängliche Verteilung der Massen, wie sie vor etwa 500 Millionen Jahren existiert hatte, zwischen dem schwereren und dem leichteren Partner umkehrte. Der Grund für diesen Austausch liegt darin, dass einer der Partner zu einem Roten Riesen wurde und dabei seinen Umfang enorm ausdehnte. Dabei verlor er den gravitativ zusammenhaltenden Einfluss auf das Material der äußeren Schichten, die seither auf seinen Begleiter stürzen.

Algol

verzeih mir Verzaubernde
zerkannte Medusa
Geist und Körper trennen
hilft nicht!
Funkelnde Netze im Haar
Glitzerbauch

wider dem Spruch
stehen Schlangen
schon lange
durch mein Auge
seh' ich Dich
in mir

deine Botschaft
am Himmelsschnitt
kein Teufel kein Zunder
kein Stein im Wunder
dreifach verkörpert
flackert das Licht

steinerstarrt
nahm ich mich wahr
skaliert sich meine Zeit
auf Null in deinem Hauch
Standbild: ich
für Dich: ein Augenblick

Staub: Der Raum zwischen den Sternen unserer Milchstraße ist nicht gänzlich leer. Er ist durchsetzt mit interstellarem Gas, das überwiegend aus Wasserstoff und feinem Staub besteht. Diese interstellare Materie wird für uns als strukturierte Staubbänder der Milchstraße am Nachthimmel sichtbar.

Sehr große Ansammlungen solcher interstellaren Materie in Form von Dunkelwolken, die einige hundert Lichtjahre groß sind, erkennen wir als scheinbare Sternleere im Schein der Milchstraße.
Die Dunkelwolken absorbieren das Licht der hinter ihnen liegenden Sterne. Die Dichte dieses interstellaren Staubes ist sehr gering – etwa ein mikroskopisch kleines Teilchen in einem Würfel von 100 Meter Länge. Trotzdem können diese aufgrund ihrer enormen Weite mehrere hundert Sonnenmassen in sich vereinen. Kalte Wolken von unter -250° C sind Quellen, aus denen neue Sterne entstehen. Sind neue Sterne aus Gas und Staub entstanden, werden in ihrem Inneren aus dem anfänglich vorhandenen Wasserstoff neue chemische Elemente erzeugt. In späten Phasen der Sternentwicklung entstehen durch Fusion zunehmend andere Elemente – etwa Helium, Kohlenstoff, Sauerstoff, bis hin zu Eisen.

Ein schwerer Stern kann am Ende seiner Entwicklung einen großen Teil seiner Masse und damit einen großen Teil der neu erschaffenen Elemente in Form von Materiewolken an die Umgebung abgeben. Unser Sonnensystem mitsamt der Erde ist vermutlich aus solchen Wolken früherer Sterngenerationen entstanden.

dust

Wasserstoff
Helium
Kohlenstoff
Neon
Sauerstoff
Silicium
ad Eisen

ich bin die Ausgeburt des Sterns
werfe meine Schalen ab
brenne was das Zeug erhellt

ich bin am Vergehen
hinter mir diffus die Flut
breite meine Arme aus
ohne Halt

zeitet und raumet der Himmel
bin nicht was ich war
weiß nicht
was ich werd
Welt

Information bleibt

Ungelesen	ungelesen doch eingedingt
das Gedächtnis der Dinge	vorzeitlich glühend
zerstaubt	gesprengt
in den Schichten	verschwand verwand verzeitete
vergang heiß	verstrahlte sich
im Hintergrund	und schwingt
hängend	zerstäubt
wolkte	derzeit ...
der kosmische Wa(h)l	wallte
wellig ...	aalte mattig

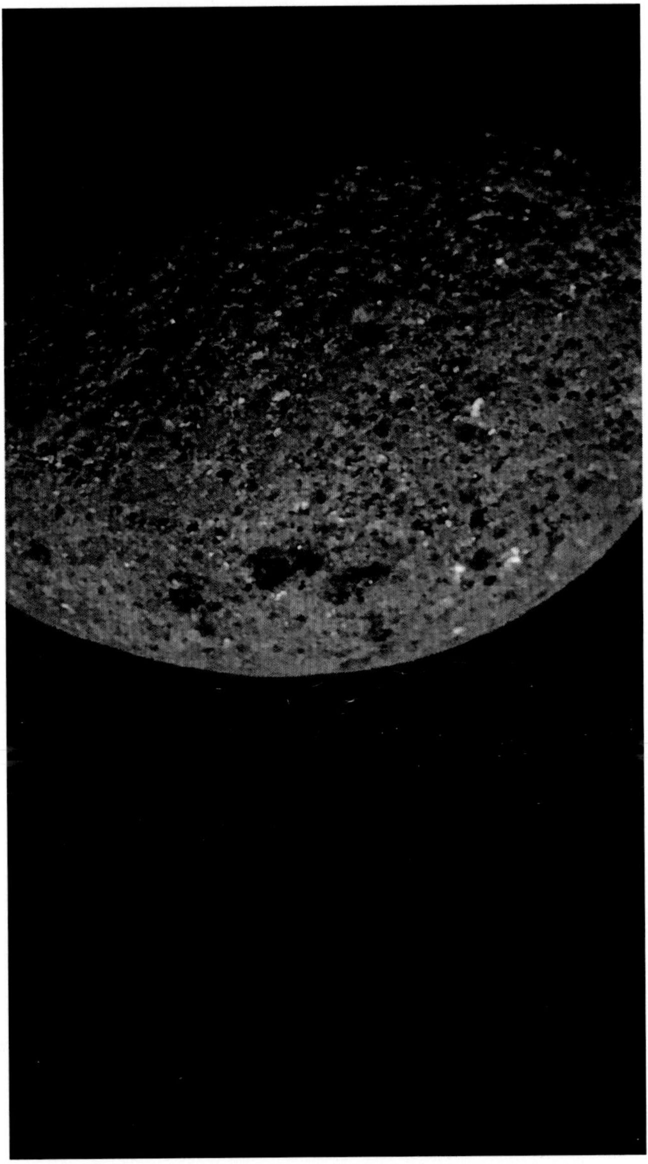

<> **Zelle**

umschlossen
einverleibt im Leib
verschlungen verzehrt
um sich in sich gebären
Symbiose

statt streichelweich_weichei
nicht von der Stelle weichen
das war es!

Ein Kampf um das Sein
eine Schlacht
Schlag um Schlag
ein Gefecht im Geflecht
Umschlag

Einschluss wie aus Schluss
gewähren wie vermehren
am Ende
siegte die Gemeinschaft
Zelle

Zelle: In den Zellen von Tieren und Menschen gehören Mitochondrien zu den wichtigsten Bestandteilen; sie verarbeiten Sauerstoff und nutzen diesen als Energiequelle. Mitochondrien werden mütterlicherseits vererbt und besitzen eine eigene DNA. Ihre Vorfahren waren (nach Lynn Margulis) sauerstoffveratmende (aerobe) Purpurbakterien.

Diese Art von Bakterien dringt ansonst in ihre Wirte ein und zerstört sie schließlich – doch in diesem besonderen Fall entwickelte sich aus dem Parasitismus ein symbiotischer Dauerzustand. Ohne diese Art von Symbiose im Laufe der Zellevolution hätte das Tierreich, also auch der Mensch, gar nicht entstehen können.

*„Wie Barbaren, die ein Dorf plündern, dann aber zivilisiert werden, überfielen sauerstoffnutzende Räuber vergärende Organismen und wandelten sich zu Mitochondrien."**

** Lynn Margulis, Dorion Sagan: Leben. Spektrum Akademischer Verlag, 1997, S. 105.*

Translator wanted
翻訳者募集

Chloroplastensorbet oder
Mitochondrienstoff auf sauer
das Menü differenziert

Einzeller Zweizeiter Dreizeiler
@ gusta auf mehr
mehrfaltig in Einem einig

Urwesen gewesen
einverleibt in einen Leib
sodann aus Vielen bestehen

steckengeblieben im Durchgangsstadium
auf Dauer verdauen dauert
Urtum statt Irrtum

egal ob Pflanze oder Tier
licht- wasser- oder lufthungrig
viele Wesen vereint in einem Sein
viele Seelen schwirren

in Dir

zwischenzeitig irdisch

entklommen der Kerne
geladener Wind ohne Wärme

Wasser zu Licht
Gas zu Feuer
Stoff zu Sein

in der Bühne bricht ein Steifen
Alchema und Alchemist im Drehimpuls

Zustand zu Zeitstand
Schwere zu Abstand
Medium zu Materie

das Medium war schwindelig
körperlos verschwand es

himmelblau raumseits
grellgelb diesseits
blattgrün lichtseits

schwingt man die Drehtüre sieht man jenseits
den Spalt durch den die Wirklichkeit eintritt
anti- zu teil

irdische Äste
Staub zu Laub
Wasser zu Wollen
Entstehen zu Vergehen

spürst du die erdige Perle auf der Zunge?

Schuppentier
das Zapfenwesen
nicht bedeckt
offen

falls
das Streicheln
zur rechten Zeit
zum Abflug
dient

das Zeitliche
stimmt
gabelt sich im Drehen
pulst der Wechsel
knistert Geschichte
ad Stamm und Schichten

<> **Botin von**

im Fliegen *auf*
lockt vorgestellt
das nächste Leben
ein Geschmack *auf*
ruchlos
Stilzchen wie Pilzchen

getäuscht *mit*
den Sinnen im Sinne
des anderen Willens
pflanzt sich der Gedanke
fortwährend fort
am Ort

welches Gut bei
welchem?

die weiche Frucht
die Weiche furcht

bei Furcht
rutscht man
sackt man
in die Tiefe

in solche Augen
blicken

das Ende scheint nah
näher noch
und dann ...
scheint
doch Licht!

der Ausgang *nach*
trägt unerwartet bei
staubt
nichtsdestotrotz
ist man oft Bote
Botin von Ungeahntem

Duft: Der Duft schleicht an dem "Schlafgemach" (Thalamus), dem Torhüter zum Bewusstsein, vorbei. Evulotionär gesehen ist das Geruchszentrum eines der ältesten Teile unseres Gehirns.

*„Pflanzen machen sich ‚Düfte' oder besser gesagt BVOC-Moleküle (Biogenetic Volatile Organic Compounds, biogene flüchtige organische Verbindungen) zunutze, um Informationen über ihre Umwelt zu gewinnen und miteinander oder mit Insekten zu kommunizieren. [...] Der Duft ist die ‚Sprache' der Pflanzen, ihr Vokabular."**

** Aus: Stefano Mancuso: Intelligenz der Pflanzen. München: Antje Kunstmann, 2015, S. 56.*

Bleibende Blätter

bleibende Blätter veruntreuen
die wächserne Wäsche

der Atem gekoppelt
an die vegitale Vergangenheit
die den Sauer_stoff tau tau
tau Jahrtausende erdampfte

Tau macht Erde duften

die Flachwelt in deiner Hand
riecht nach Kunst_stoff
das E r i n n e r n

„Das westliche Denken erlitt eine metaphysische Umkehrung.
Einstmals – vor den Taten von Bruno und Galilei, Descartes und Newton sowie Darwin – war alles voller Leben gewesen, bis auf das Geheimnis des Todes.
Jetzt, in der wissenschaftlich-mechanistischen Welt, war alles unbelebt, bis auf das wissenschaftliche Rätsel des Lebens."

Lynn Margulis, Dorion Sagan: Leben. Spektrum Akademischer Verlag, 1997, S. 40.

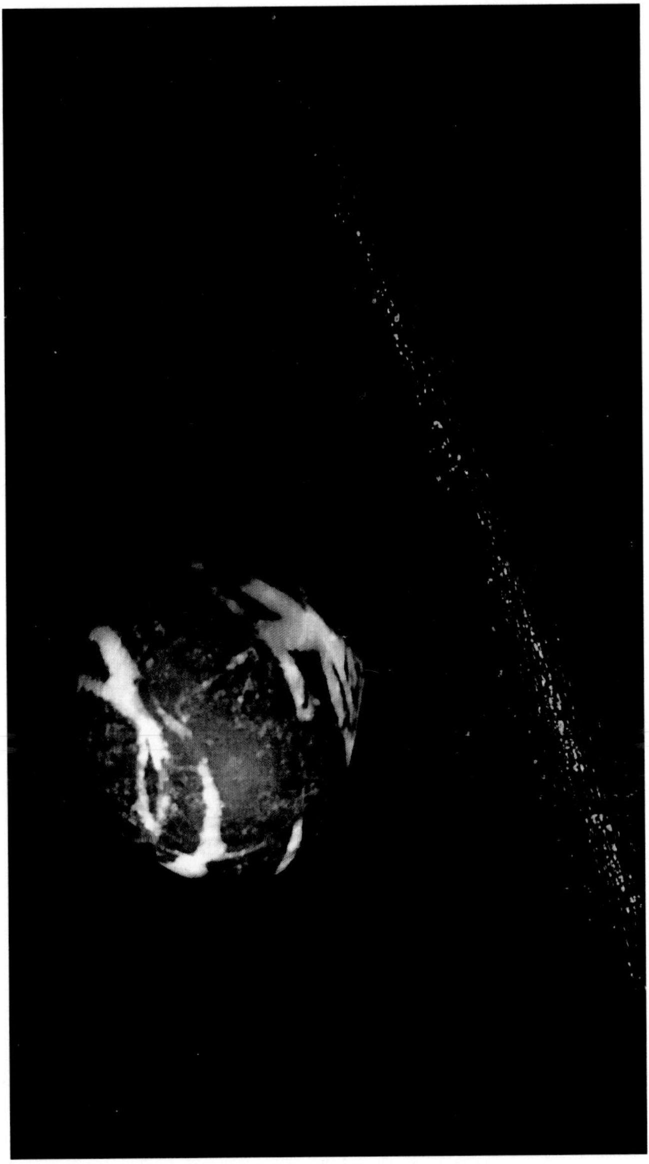

Einfaltung

auch wenn wir
nicht wissen
faltet es sich
in uns
ein für *wahr*

und nicht nur in uns

das Außen bildet
sich innen ab
das Abbild rollt
sich ein

im System

die Antwort rufen wir laut
nach draußen
auch wenn die Frage
nie gestellt wurde

Worte aus seinem Mund

man trägt die Vergangenheit in sich
ohne sie zu kennen
wohl besser so
dass man sich nicht
bei der Evolutionsverkörperung
im Schnelldurchgang an das Froschsein
im Mutterbauch erinnern kann
aber erzeugt auch Fremde

viel Fremde steckt in einem
man versteht den Vater nicht
die Mutter nicht
die man nicht kannte
nicht die Schwester
nicht die Brüder
die der Vorstellung
nicht entsprechen
oder entsprächen
wenn man welche hätte

und sich selbst nicht

man versteht seinen Körper nicht
die Zellen die mit ihrer Eigendynamik
einem am Leben erhalten
man versteht die Tiere nicht
nicht die Pflanzen
und die Materie
man versteht das Froschsein nicht
nicht wie Geist entsteht
die Qualia
nicht

wir sprechen von Emergenz
und beim Tod bleiben die Augen
offen stehen

das Rätsel zieht sich ungeschält hinein
und die Hinterbliebenen
sehen den milchigen Schimmer
in den steckengebliebenen Augen
der sie vom Toten trennt

Qualia: Philosophen nennen Qualia (Einzahl: Quale) die uns introspektiv zugänglichen phänomenalen Aspekte unseres mentalen Lebens. Darunter fallen verschiedene innere Erlebnisarten und -zustände wie etwa: das Empfinden eines Geruchs, eine Farbwahrnehmung, das Befühlen einer Oberfläche mit den Fingern sowie auch innere Gefühlszustände unterschiedlichster Art.
Der Begriff bezieht sich dabei auf die jeweils gemachte innere subjektive Empfindung oder das Erleben.

Die Zusammenhänge von Qualia mit der physischen Welt (speziell mit dem Gehirn) sind in der philosophischen Debatte zum Geist-Körper-Problem sowie zum Verständnis des Bewusstseins zentral. Die Erklärungsmodelle und Positionen in der Debatte zeigen ein weites Spektrum.

Bei der dualistischen Position, die Geist und Körper als zwei unterschiedliche und in gewisser Weise auch unabhängige (Geist ohne Körper) Entitäten ansieht, stellt sich das Problem, wie der immaterielle Geist Einfluss auf den materiellen Körper haben kann. Die monistische Position, wie der Physikalismus, der Geist und Körper als ident versteht, kann die Innenperspektive (Quale) des Individuums nicht hinreichend erklären. Manche sehen das Problem als für die Menschheit (derzeit) unlösbar an; siehe dazu etwa Thomas Nagel, welcher auch einen vieldiskutierten Beitrag zum Qualia-Problem geleistet hat.

Thomas Nagel: "What Is It Like to Be a Bat?". The Philosophical Review. 83 (4): 435 - 450, 1974.

dichten

ward im Fühlen
eingeweicht
ward im Klaffen
aufgesprungen
glatt wie wunderlich
Uuuuuuuuu_WUND

ward in Gedanken
eingegrenzt
ward in Worte
abgeflossen ausgelassen
Sssssssssssss_SANK

ward im Werk
losgelöst
ward in Summe
angezogen
verdichtet klumpt
Mmmmmmm_GLIMMT

Die Struktur der Sprache formt das Denken:

Die_*Artikel*_Struktur_*Subjekt*
der_*Artikel*_Sprache_*Genitiv*
formt_*Verb*_das_*Artikel*_Denken_*Akkusativ*

Das Denken formt die Struktur der Sprachen:
Das_*Artikel*_Denken_*Subjekt*_Einzahl
formt_*Verb*_ die_*Artikel*_Struktur_*Einzahl*
der_*Artikel*_Sprachen_*Mehrzahl*

Manche Worte finden keinen Ausgang

Geisthüllen

begreift der Begriff
greift Bruch heraus
die kleinste Menge
der Gemeinsamkeit

denkt in Raum und Substanz
spricht in Hülle und Fülle
formt und haltet
in der mit der
und ohne Zeit

fasst die Zeit in Momente
glaubt an das Objekt
verdingt den Geist

Geisthüllen tanzen
auf den Tischen
in den Köpfen
zweidimensional
liegt der Fisch
am Tisch

Gegenstand

der Gegenstand dieses Gedankens war ...
aber was stand dagegen?
Wer steht gegen was?
steht für
und nicht gegen

Gangweise

Die Schuhe folgen den Schritten
die Schritte folgen den Schuhen
so folgen die Schritte dem Modell des Schuhs

Das Modell der Schuhe folgt den Schritten
schrittweise folgen die Schritte dem Modell
so folgt das Modell den Schritten der Vorstellung

Die Vorstellung des Modells folgt den Schritten
die Schritte verfolgen das Vorgestellte
so schreiten die Schuhe nach Plan

Die Lichtgeschwindigkeit im Vakuum wird meist als Höchstgeschwindigkeit betrachtet. Rein formal sind jedoch Objekte mit höheren Geschwindigkeiten nicht ausgeschlossen. Allerdings würden diese sehr ungewöhnliche Eigenschaften besitzen, weswegen ihre Existenz stark angezweifelt wird. Solche Objekte (Tachyonen genannt) könnten auch ohne Signalübertragung Information übertragen.

Die Annahme der Existenz eines freien Willens in der Welt scheint mit der gleichzeitigen Annahme überlichtschneller Signalübertragung unvereinbar, weil diese Koexistenz die Möglichkeit eröffnen würde, Botschaften in die eigene Vergangenheit zu senden. So wären Kausalitätsverletzungen möglich, die zu Widersprüchen führen würden.

Eigenzeit als Eigenschaft

nichts ist schneller als Licht
sagt der freie Wille
die *Zelle wird zur Zeile*
extrahirnt den Widerspruch
verwildert sich als Ich

angehaftet an der Zelle
rillt drillt die Welt

Haltewunsch und dagewesen
geborgen ward der Wurm
und niemand schrie

es hallte wallte zeitversetzt
der Wandel war im Handel
Eigenzeit als Eigenschaft
Haltewunsch und kein zurück!

„Wie unterscheidet sich nun aber „Licht", wenn es den Wunsch nach Licht ausdrückt, von „Licht", wenn es konstatiert, daß es im Zimmer licht ist? Daß wir es in jedem Fall anders meinen? Und worin besteht das?
In bestimmten Vorgängen, die das Aussprechen begleiten, oder in einem bestimmten Benehmen, das ihm vorangeht, eventuell es begleitet, und ihm folgt? Wir können es einmal in anderm Ton aussprechen als das andere Mal, oder mit anderer Empfindung (Meinung im andern Sinn). Oder es kommt bloß in einem anderen Spielzusammenhang vor. Denken wir uns die Frage:
Wie unterscheidet sich ein Zug im Damespiel von der gleichen Bewegung in Fuchs & Jäger?"

Aus: Ludwig Wittgenstein: Nachlass [so-called Big Typescript] (WL) Ludwig Wittgenstein.

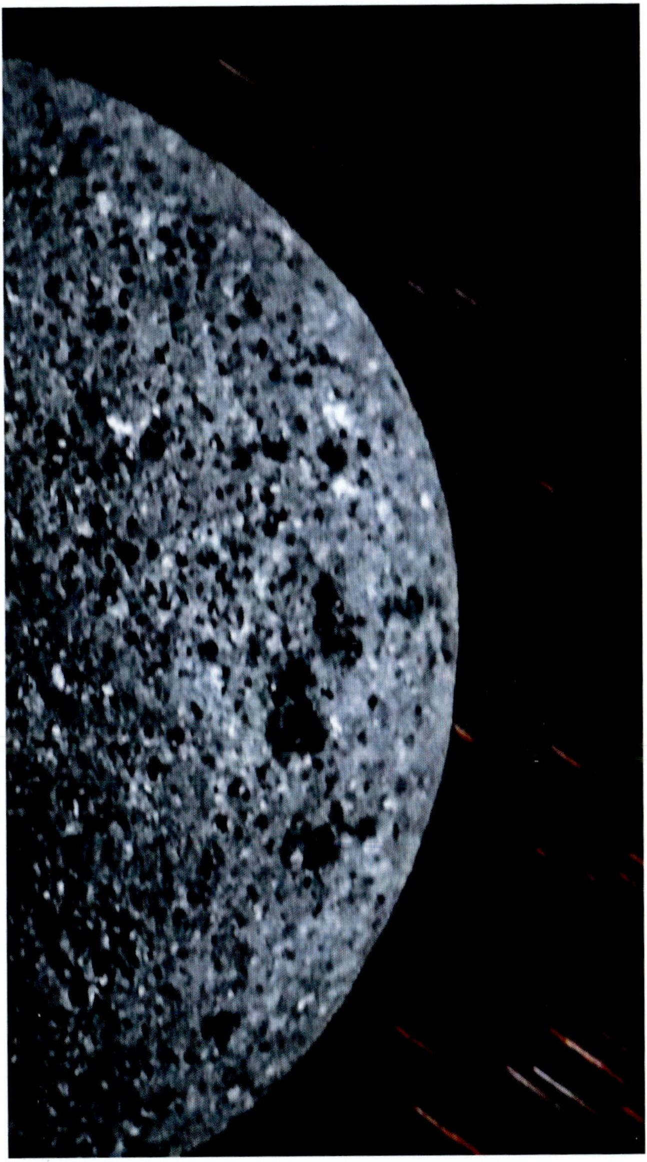

Spiele ohne Brot

wer saß nicht bang vor seinem gefühlten Vorgang?
Die Fort_bewegung schlug sich auf:
Nichts ist je gestanden
hinterher nennst du's vorhanden
danach im Jetzt gefasst

wer sieht den Raum schwanken
bevor die Tänzer ihn betreten?
Auch noch so leicht beschritten
vollzieht sich der Gang durch deine Küche
gut verbürgert im Netz gezüchtet

willst du nicht die animierten Spielchen?
Schalt ein das Voll_out_diktat
lass die Puppen vor dir tanzen
lass sie kämpfen ohne die da da und dort
mit und ohne Ton und Wort

Das Werk verwerfen
Du kommst nicht?
Denn sehen wäre leblos
Mein Anruf ist hinweg

Mehrzahl

Viele Schlafe bist Du
die Dus die Ichs die Sies die Ers
mit vielen Wassern gewaschen
mit vielen Leeren gefüllt
die vielen Etwasse der Zeiten
in den geteilten Lüften

Die sind
die Wirs die Sies
zerteilen das Land mit gesetzten Gesetzen
mit und vor dem Haben
Vorhaben
viele Schlafe bist Du

wirk_lich

Im Garten der Arten
verweilte der verwunschene Orden
aufgeschreckt das väterliche Erbe
verzweigt sich das Sonnentor
wie unendlich geschöpft

Im Unterholz der Daten
surrt zwitschernd Elektra
und siert
war doch der Anstand im Handstand
vollautomatisiert

Aufgesessen und schwadelig
ritt einst Zerberus den Anfangschor
lüchtet und lichtete der Muntermund vor

Auch dieses Gewebe wird unverhofft
Wirt_schaft
schafft viel zu schnell zu viel
ohne zu tun

Vorerst sorglos facig eingecybert
dann schrupfstumpf
machtlos außen vor
wirklich

„Es scheint, dass Lautsymbolismus auf vielen unterschiedlichen Ebenen im Lexikon aktiv ist, und SprecherInnen sowohl phonästhetische Sequenzen als auch Einzellaute, Ideophone und teilweise auch phonetische Merkmale mit Bedeutungsfeldern verbinden, sowohl ikonisch motivierte als auch rein konventionelle lautsymbolische Laut-Bedeutungs-Beziehungen wahrnehmen, sowohl sehr umfangreiche als auch sehr kleine Wortgruppen mit einer geteilten semantischen und phonologischen Eigenschaft als zusammengehörig empfinden können, und dass Lautsymbolismus oft ein Aspekt ist, der Hinweise auf die Bedeutung eines Wortes gibt, aber auch immer nur einer unter vielen anderen."

Aus: Nora Wanka: Phonästhetische Submorpheme – im Allgemeinen und unter besonderer Berücksichtigung des Englischen. Diplomarbeit, Universität Wien, 2013.

Das falsche Wort

zur richtigen Zeit
am rechten Ort
ein ähnlicher Klang
ein Bedeutungsfächer öffnet sich

Muntermund >< Muttermund
Wirrschaft >< Wirtschaft
Ausschluss >< aus Schluss
eigen schafft >< Eigenschaft
die Wal >< der Wahl
extrahiert >< extrahirnt
gut >< das Gut

transformiert zu Verben

Raum raumet
Licht lichtet
Zeit zeitet
Wolke wolket
Luft luftet
Wasser wassert
Zunge zunget
Sehnsucht sehnsuchtet ...

Worte aus ihrem Mund:

Wo sind die Verben geblieben,
sind sie gar am Aussterben?
Die kleinen, lebendigen Wandelgeschöpfe?
Was hat das zu bedeuten?
Das Bewegende, das Fließende, das
Dichte, das Harte, das Unbändige ...
Eigenschaftswörter als Substanzen.
Der Augenblick, das Vergangene,
das Zukünftige, das Zeitliche, das
Erleben ... alles wird zu einem
Ding gemacht. Den Augenblick
machen wir zum Substantiv, die Zeit
wird verdinglicht, da hilft auch nicht
„Zeitfluss" zu sagen, bleibt doch im
Haupt ein Haupt-Wort-Ding.

Grundsatz

saß der Satz am Grund
am Abgrund der einen Frage
die man sich am Ende zu stellen hat
ohne Gewähr drückte der Meister ab
pflanzt sich die Formation selbständig fort
ist eine Aufsitzerpflanze geworden
die zu wenig verwurzelt in Grund und Boden
Luftwurzeln geschlagen hatte
um an das Wasser
an den Saft des Lebens heranzukommen

War dies der Meisterin bewusst?

überaus denn sie kannte den Lebenswillen
die Schönheit der Orch_Idee
und hatte eine moderne Sichtweise
kein Bedenken auch Menschen
als feste Platten auf Zeit
speicherweise auf Reise
zu gebären zu besprechen
sowie beim Brechen des Versprechens
naturbedingt nicht mehr anwesend zu sein

Schnitzelreigen

weise tanzt
der radikale Determinismus
mit dem platonischen Ideenschuhpaar
seinen Schnitzelreigen

und sie stand
vor einem Tulpenbett
und wusste nicht
ob sie diese Fülle an Duft
und Schönstand niedermähen
oder in ein Tableau von Berührtheit gießen soll

Klar war_dass sie etwas wollte

einwandfrei

einwandfrei zweiwandfrei und dreiwandfrei
verschwand abgewandt die Verwandtschaft
war der Aufwand das Gewand zu wechseln
zu mühsam
denn Kleider machen heute
keine Leute mehr

Umwandung und Umwandlung
geistig zu zerschneiden
zu unterscheiden
ist anders
als zwei Spalten einer frischen Orange
denn die hat natürlich gewachsene Trennwände

zwischen Wand und Unterwanderung
gibt es Zwischenwände und
Sprecher wie Versprecher
die fälschlich gerne
rotverschoben
als Fehlfarben gedeutet werden

Die Frage

wer ist dein Du?
setzt ein Bein an Stelle des Herzens
die Frage, der Haiku der Vergessenen
 war_ist_wird
nicht vor_gesehen am Horizont des Ichaktivs
noch nach gesehen dem schwindenden Textsystem
verblässelt sie im Markentreu

die Frage
wer ist das *nächste* Du?
setzt einen Hacken in das verdorrte Fleisch
öffnet und schließt zugleich
wiederholend im Zukünftigen
dachlos im Bedürfnisrevier
lastend auf den Tasten
im eingefleischten Icharchiv

Was wenn

in der Sirisenke
die Sicherung ohne Bindestrich reißt
wenn “verdammt” gesprochen von Rosamunde
an die 10.899 geleckte Punkte erreicht

die Anfälle der Parentheseraupe
tautologisch in Gesichterkennung beißt
das Objekt sächlich bleibt
und Trotz Dem
weint

die Gestorbenen
die Ausgestopften nähten
und die Ausgestorbenen
die Gestopften nährten
sowie die wilde Tigerin

unglückseelig

jetzt

suche dich nicht im Jetzt
du erlebst im Hintennach

die Gerade
die vergangene
erhebt sich dort
im Schlafgemach

die nackte Ungerade
glänzt noch unbegriffen

Wo ist die Zeit geblieben?

Kannst du dich erinnern?
Nein ich habe es vergessen

dunkel dunkel liegt Erlebtes in der Vergangenheit
obwohl es gewiss ist
es erlebt zu haben

Doch was?

ich versuche mich zu erinnern
ich weiß ja dass es war
dass es da sein muss
in mir

Doch wo?

ein Name ein Gesicht ein Faktum
eine Jahreszahl ein Begriff ...
ein Wort

ich krame in meiner Erinnerung
suche im Wald des Schongeschehenen
des Schongewussten

laufe laufe suche
hab' ich mich verlaufen?

Laufe schneller
laufe gegen
vergessen

Was ist der Unterschied zwischen Erinnern und Vergessen?
Kannst du dich erinnern?

Ist das Erinnern ein passiver Akt?
Hast du es vergessen?

Ist das Vergessen ein aktiver Akt?
Kannst du es vergessen?

Nein ich erinnere mich
ich versuche zu vergessen
doch es drängt sich mir auf
als ob es gestern gewesen wäre

Mit welcher Absicht?

mit jedem Erinnern
gräbt es sich weiter ein
in mein Bewusstsein
wie eine Furche im Schnee
jedes Mal gedacht
wird sie tiefer
breiter und glatter

könnt' ich es vergessen
nicht daran denken
lange ...

forme ich jedes Mal
das Erinnerte beim Akt des Erinnerns?
Verändere ich fortwährend die Vergangenheit
passe das Damals an das Jetzt an?

Oder wird das Erlebte
zu einer eingefrorenen Geschichte
ein Klunker
der an mir hängen bleibt?

Die breite Furche verblasst
zu einer zarten Linie
zerfällt mit der Zeit in Stücke
Bruchstücke erinnern an die Zeit
kurze Erinnerungsfunken bis ...
nur mehr kleine Punkte aufblitzen

sie gleiten unmerklich auseinander
lösen sich aus dem Kontext
verlieren sich
das Davor und das Danach
und tanzen wie Flocken

ich erinnere mich
ein Duft
ein Reiz zwingt mich
zu einem spontanen Kurzschluss

war das davor oder
war das erst danach?

Was war davor
und was war danach?

Vergangenheit Chronologie Kausalität

Was war davor und was war danach?
Wo ist die Zeit geblieben?

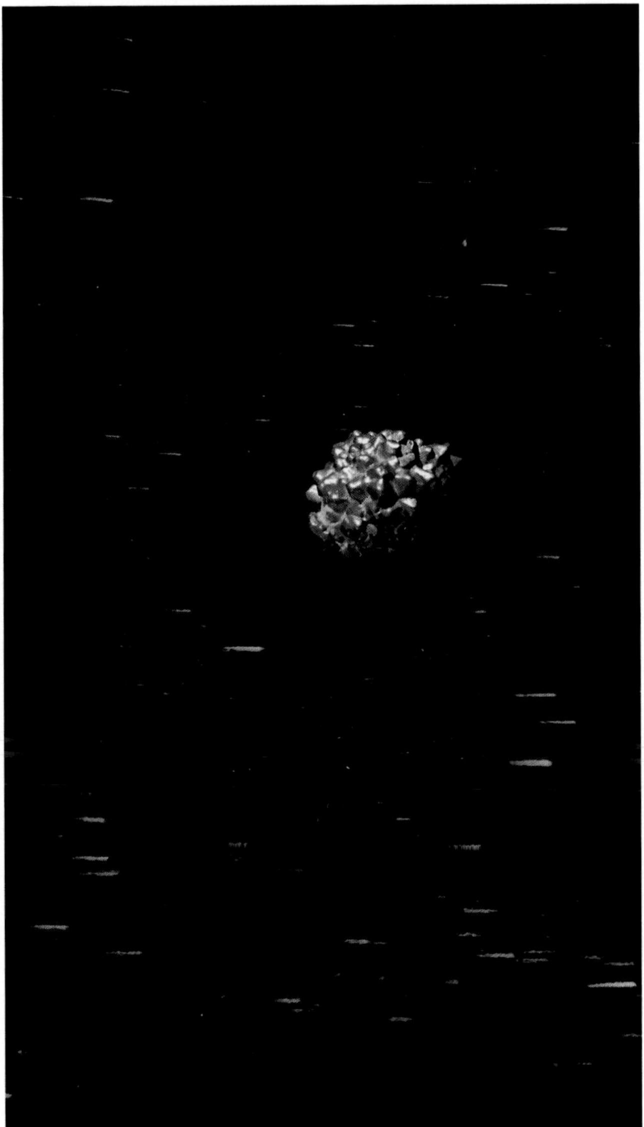

Freefly

ich möchte frei sein
von den gesellschaftlichen Zwängen
von den Grenzen meines Körpers
von den materiellen Sorgen
ich möchte frei sein von der Schwerkraft
und ... fliegen!

Frei sein, was heißt das?

a. Das Vermögen, einen Zustand von selbst anzufangen? [1]

b. Das Vermögen der Seele, die Beweggründe für und wider eine Handlung zu vergleichen und sich nach dem Resultat dieser Vergleichung zu entschließen? [2]

c. Die Fähigkeit, sinnliche und andere Triebe durch vernünftig-ethische, soziale Motive zu beherrschen, äußeren und inneren Verlockungen, Anreizungen, Regungen zu widerstehen? [3]

Wählen Sie nun das Richtige aus!

ich möchte frei sein
von dem Lärm der ewigen Berieselung
dem Bildungskapital und der Kapitalbildung
von den übernommenen Bewertungssystemen
ich möchte frei sein
von den wiederkehrenden Jingles der Gedanken
und ... fliegen!

Frei sein, was heißt das?

a. Den Raum verlassen zu können, wenn man will?

b. Sich ein anderes Moralwertesystem als jenes, das der gegenwärtige Gesellschaftskulturraum billigt, bilden zu können?

c. Rechnungen zahlen zu können, zahlen zu wollen oder zu müssen?

Wählen Sie nun das Richtige aus!

Freiheit was kostet das?

Wie viel Wert hat das?
Wer kauft mir das?
Alles was Flügel hat
fliegt!

Der Markt ist frei
der Arsch ... der fliegt!

Frei sein, was heißt das?

a. Ein ungebundenes Dasein führen zu können?

b. Arbeiten zu können, wenn man will?

c. Sich frei machen von dem Zwang, dem Zug, den Zügen und den Wesenszügen?

Wählen Sie nun das Richtige aus!

ich möchte frei sein
von dem Wunsch etwas zu leisten
dem Streben nach Anerkennung
dem Anpassen und Mitspielen
ich möchte frei sein von
dem Müssen und Wollen
und ... fliegen!

Frei sein, was heißt das?

a. Die eigenen Wünsche, Gedanken und Triebe nicht zu verurteilen, sondern gutzuheißen?

b. Sich mit den Wünschen, die man „eigen" nennt – das heißt mit den internalisierten Präferenzen, die evolutions-, kindheits- und gesellschaftsgeschichtlich geprägt wurden –, nicht zu identifizieren?

c. Frei zu handeln, frei zu wollen oder das zu wollen, was man kann?

Wählen Sie nun das Richtige aus!

ich möchte frei sein
von den einprogrammierten Emotionsmustern
von dem Treiben und Getriebenwerden
vom falschen Lächeln und dem Festhaltenwollen

ich möchte frei sein von der Angst
und dem vielen vielen Wissen
und ... fliegen!

Frei sein, was heißt das?

a. Sich für die einzige, für einem selbst sinnvoll richtig erscheinende Möglichkeit zu entscheiden?

b. Sich nicht für eine von zwei gleichwertig attraktiven Möglichkeiten entscheiden zu können?

c. Nicht zu wissen, was schön ist?

Wählen Sie nun das Richtige aus!

ich möchte begehren
ohne zu begierden
und .... fliegen!

ich möchte frei sein
die Fremdbestimmung als eigen zu benennen
die Zeit nicht eher zu erkennen
das Vergangene als das Ebene zu entdecken
im Zukunftsziel die Konstanz zu suchen
ich möchte schamlos die Vergänglichkeit vernaschen
und ... fliegen!

Frei sein, was heißt das?

a. Zu wissen, was man will?

b. Nicht zu wissen, was man will?

c. Zu wollen, was man weiß?

Wählen Sie nun das Richtige aus!

ich möchte fliegen und vergessen
flüchten
dem Tod entrinnen
mit der Gewissheit sinnen
und wenn ich nur fest entschlossen
will will will ...
dann könnt' ich
kann ich
werd' ich ...
den Glauben an die Freiheit als Illusion
anstatt meiner in die Tiefe fallen lassen

Frei sein, was heißt das?

a. Das bedeutet genau betrachtet, dass etwas sei und dabei doch Nichts sei, welches wiederum heißt, nicht sei, was ein Widerspruch ist. [4]

b. Die Fähigkeit, einen inneren Abstand zu uns selbst aufzubauen und dadurch in unserem Willen zum Thema zu werden? [5]

c. Anders zu können, wenn man nur will?

Wählen Sie nun das Richtige aus!

doch
schon hat mich
das Denken
zu Fall gebracht

falle im Fall
falle ich
falle im freien Fall
gefälligst
falle ich in die Falle
der All_gemein_selbst_verständlichkeit
Gefälligkeit

doch halt!

Ich möchte doch fliegen
und gegen besseres Wissen und Gewissen
der Schwerkraft entrinnen
mit der Gewissheit sinnen
das Gefühl der Freiheit als Funktion
nicht ent_decken
not und wendig
nicht erschrecken
und verdrängen ohne Zweifel

fest entschlossen
wenn ich nur wirklich
will will will ...
dann könnt' ich
kann ich
wird mich ...
der kleine Trick
sich vom Boden zu erheben
auch beim Wachen
nicht verlassen
und ...

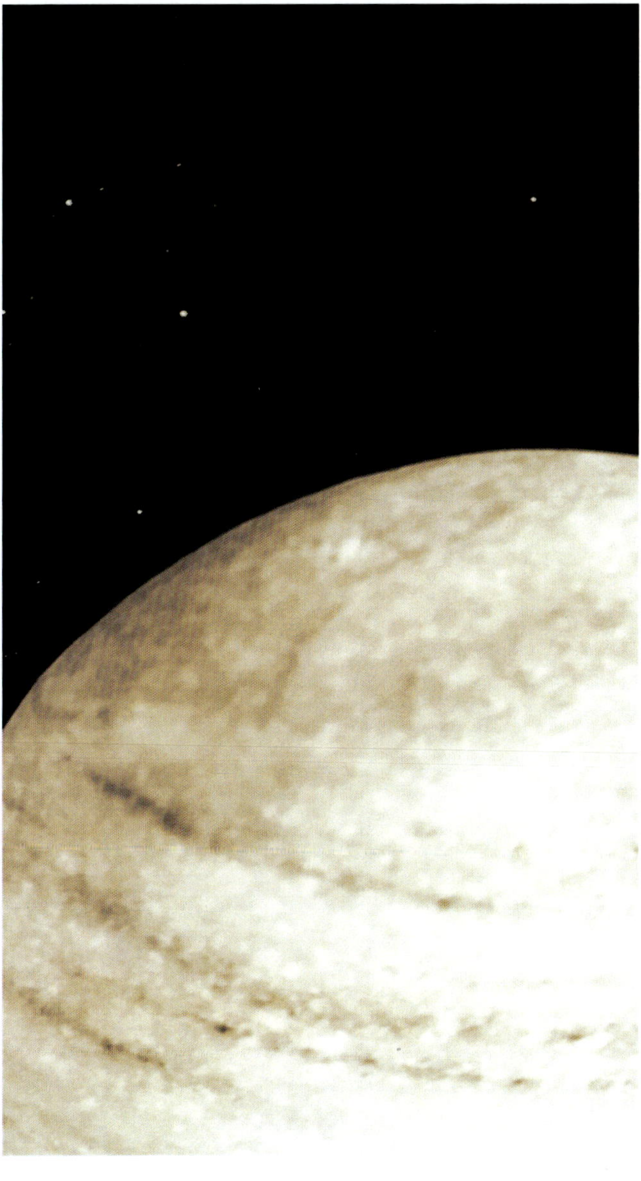

Quellen zu: *Freefly_Frei sein, was heißt das?*

1 Immanuel Kant: „Dagegen verstehe ich unter Freiheit, im kosmologischen Verstande, das Vermögen, einen Zustand von selbst anzufangen, deren Kausalität also nicht nach dem Naturgesetze wiederum unter einer anderen Ursache steht, welche sie der Zeit nach bestimmte." (Kritik der reinen Vernunft)

2 Moses Mendelssohn: „Das Vermögen der Seele, die Beweggründe für und wider eine Handlung zu vergleichen und sich nach dem Resultat dieser Vergleichung zu entschließen, wird die Freiheit genannt." (Moses Mendelssohn's Gesammelte Schriften, Rhapsodie über die Empfindungen)

3 Rudolf Eisler: „Die Unabhängigkeit des Handels und Wollens von momentanen Reizen". („Willensfreiheit": Wörterbuch der philosophischen Begriffe).

4 Arthur Schopenhauer: „Die Willensfreiheit bedeutet genau betrachtet, dass etwas sei und dabei doch Nichts sei, welches wiederum heißt, nicht sei, was ein Widerspruch ist."
(Zürcher Ausgabe, Werke in zehn Bänden)

5 Peter Bieri: (Handwerk der Freiheit.)

Abbildungen aus der Serie *interirdisch*
Fotoarbeiten, 22 x 40 cm

Elisa Asenbaum ist Autorin, Künstlerin und Kuratorin. Sie schreibt Romane, Gedichte, Kurzgeschichten, kunsttheoretische Texte und entwickelt literarische Aufführungs-, Lese- sowie visuelle Poesieformate. Ihre Arbeiten schlagen Brücken zwischen Literatur, Kunst und Performance. Seit 2008 initiiert und unterstützt Elisa Asenbaum zudem Projekte an der Schnittstelle von Kunst, Literatur und Wissenschaft. Sie ist Mitbegründerin sowie künstlerische Leiterin der G.A.S-station, Tankstelle für Kunst und Impuls, in Berlin und betreut den Wissenschafts- und Literaturzweig.

Harald Hofer studierte Physik an der Universität Wien. Er ist Gründer und Inhaber der Firma Synoptic-Systems, die unter anderem Software im Bereich Sicherheitsfragen entwickelt, insbesondere für Banken und zivile Sicherheit. Gemeinsam mit Partnern aus mehreren Forschungsbereichen initiierte er Science Map. Sein Interesse und seine Leidenschaft gelten der Astronomie und Kosmologie. Derzeit arbeitet er am Projekt Horizonal Surveys.

Danksagung

Ein Dank an Eleonore Weber für ihre schnelle, zielsichere Einladung, diesen ungewöhnlichen, lyrischen Band bei fabrik.transit zu publizieren. So habe ich die Edition fabrik.transit als besondere Plattform für experimentelle, literarische sowie künstlerische Formen kennengelernt. Der Einsatz für schöne Bücher in kleiner Auflage, ohne verkaufsgerechte, inhaltliche Anpassung abseits des Mainstreams, die mit viel Engagement, Aufwand und künstlerischer Freiheit erstellt werden, ist überzeugend. Es entspricht ihrer Mission: VON Autor:innen und Kunstschaffenden FÜR Autor:innen und Kunstschaffende.

Freudig bedanke ich mich bei Harald Hofer, der den Band *interirdisch* nicht nur mit Einschüben bezüglich Kosmologie bereichert hat, sondern auch für den inspirierenden Austausch. Einen herzlichen Dank möchte ich an Herbert J. Wimmer für das poetische und so treffliche Vorwort aussprechen. Außerdem möchte ich mich bei meinem Kollegen Thomas M. Stuck für die grafische Setzung des Bands, bei Sabine Schlüter für das Lektorat der Einschübe, Lorena Pircher für Beratung der Zeichensetzung bei den Gedichten, Eleonore Weber für die technische Beratung beim Buchformat und allen hilfreichen Kräften, bedanken.

Ich wünsche allen Leser:innen und Schauer:innen viel Freude bei wechselseitigem Eintauchen in Sinn- und Sinnesebenen.

BÜCHERSEITE transit.fabrik

Juliane Adler: VERGEGENWÄRTIGUNGEN.
Schwarzenberg Erfurt Ostberlin. 1951 bis 1989. Gedichte in Alltagssprache. 2017
Juliane Adler: Untexte.
Experimentelles und Fragmentarisches, Erzähltes und Verdichtetes. 2014
Franz Blaha: ds' weinochdn. 14 Weihnachtsgedichte aus dem „Häferl" in „Ottakringerisch". 2018
Franz Blaha: Schattenstörche. Texte wie Vogelschatten.
Illustrationen von Franz Blaha. 2016
CORONA. Eine Anthologie.
Herausgegeben von Helga Pregesbauer und Eleonore Weber. 2021
Isabella Breier: mir kommt die Hand der Stunde auf meiner Brust so ungelegen, dass ich im Lauf der Dinge beinah mein Herz verwechsle.
Lyrikband in 12 Kapiteln. Illustrationen von Hannah Medea Breier. 2019
BRETT VOLLER NÄGEL. NPC-Anthologie Band 1: A-J. Gedichte.
Chinesisch/Deutsch, Übersetzt von Martin Winter,
Herausgegeben von Juliane Adler und Martin Winter. 2021
Ines Birkhan: Gang durch den Wald. Lesespiel. 2018
Es war einmal ... der Südbahnhof. Fotos: Juliane Adler. 2020
Frauentagsbuch Drei. Herausgegeben von Helga Pregesbauer. 2018
Julian Grill: Die Zukunft und andere Erzählungen. 2014
Julian Grill: Mayabunder. 50 Gedichte und 50 Zeichnungen. 2017
Sonja Gruber: Dichtungen. Gedichte. 2018
Sonja Gruber: Dichtungen II. Prosaische Miniaturen und Gedichte. 2020
Thomas Havlik: Dali schreit Hochalpen. 2022
Barbara Hejlik: FARBIGES GRAU. 68 Bilder o. T. 2019
Regina Hilber. Super Songs Delight. 2022
Im Süden. Ein dreckiger kleiner Krieg.
Niedergeschrieben im Frühling/Sommer 2017 von Erna W. 2018
Annett Krendlesberger: anfangs noch. Prosastücke. 2019
Leerstände/Der Übertritt. Fotodokumentation über den Zerfall der Altstädte in der DDR. Fotos: Lenore Lobeck/Text: Juliane Adler. 2014
Markus Lindner: Animalia etc. Gedichte. 2015
Markus Lindner: Nachtschnee. Steganographien. Frontispiz von Nicole Szolga. 2018
Markus Lindner: Splitter. Prosa. 2021
Andi Luf: Kirschenmänner. Roman. 2015
Markus Lindner / Andreas Pavlic: Sternhagel. Ist denn das noch Lyrik oder nicht schon Deutsch-Punk? Illustriert von Linda Bilda, Nicole Szolga, Markus Lindner. 2022

Brigitte Menne: Die Kentaurin von Kagran. 2020

rahel mayfeld: fette jahre od. willkommen im pasteten-paradise. gedichte. Grafik von Clara Ann Dehutt. 2020

Thanassis Nalbantis: JA! JA! Der Tag vor der Hochzeit. Roman. 2020

Nicht auf diesem Areal. Fotos und Visualisierungen: Juliane Adler/Katharina Kantner. Mit Blocktexten von Andi Luf. 2015

Doris Nußbaumer: Mörderische Menschenspiele. Kurzprosa zwischen Heiterkeit und Grauen. 2018

and pawe: pom pom pom poem. Gedichte und Songs. Grafiken von Nicole Szolga. 2017

Sardinen kennen keine Sehnsucht. Anthologie. Herausgegeben von Brigitte Anna Oettl. 2019

John Sauter: Startrampen. Gedichte. 2019

stefan schmitzer: zweitausendachtzehn. vier moritaten. 2019

Rolf Gregor Seyfried: Geh nicht ungeprüft in die Nacht. Gedichte und kleine Prosa. 2020

Herbert Christian Stöger: Entwendungen. Prosa. Grafiken von Herbert Christian Stöger. 2018

Herbert Christian Stöger: VON HIER bis bald. Ein begonnener Roman mit richtigem Gedichtwerk. 2020

Susanne Toth: WIR SIND. GedichtBuch. Feder & Tinte. Phantastische Poesie. Grafiken von Susanne Toth. 2018

Traveljournal Wien. Bodeninschriften von unbekannten Wiener Straßenarbeitern fotografiert von Juliane Adler. 2015

Eleonore Weber: CARAVAN. Erzählungen, Kurzprosa. Illustrationen von Eleonore Weber. 2016

Eleonore Weber: In den Sätzen. Eine Rhapsodie. Illustrationen von Eleonore Weber. 2019

Eleonore Weber: Weil nicht einmal die Ökonomie Festland ist. Gebrauchslyrik. Texte an die Konsum- und Markenwelt. 2017

Eleonore Weber: Wombats, Gras und Traumata. Eine Neuerzählung von Heinrich Hoffmanns „Struwwelpeter". Illustrationen von Eleonore Weber. 2015

Wir sind Frauen. Wir sind viele. Wir haben die Schnauze voll. Texte zum Internationalen Frauentag. 1. Band 2016/2. Band 2017

Martin Winter: DER MOND MUSS PERFEKT SEIN 不敢不完美 SHE HAS TO BE PERFECT. Gedichte in drei Sprachen. 2016

Yi Sha: ÜBERQUERUNG DES GELBEN FLUSSES 1/2. Gedichte Chinesisch/Deutsch. Übersetzt von Martin Winter. 2016/2017

Gefördert vom Bundesministerium für Kunst, öffentlicher Dienst und Sport.
Gefördert von der Stadt Wien Kultur.

Bundesministerium
Kunst, Kultur,
öffentlicher Dienst und Sport

WIEN
KULTUR

Der Band *interirdisch* von Elisa Asenbaum verschiebt und verschränkt literarische, wissenschaftliche und bildnerische Ebenen und Zeiten, Irdisches und Kosmisches.
In Anbetracht der Weiten des Kosmos verändert sich die Sicht auf das Individuum. Eingegliedert in einen größeren Zusammenhang entsteht Raum für eine Perspektive, die im Fokus auf die Gegenwart fehlt. Der Gang durch wissenschaftliche Geschichte wird in den dichterischen Ausführungen spürbar. Interessant ist auch der sprachliche Prozess des Dichtens als Transfer und Übertragung, in den wir als Leser:innen Einblick erhalten.

Vom Blickpunkt der weiträumigen Zeit- und Raumskalen des Weltalls sind die "Dus, die Ichs und die Sies" nicht einmal Sekundenschlafe. Sternenstaub.

Eleonore Weber